Gitta Edelmann · Regine Kölpin

Adventskalenderbuch mit Ausklappseiten

Das Weihnachts-Traumschiff

Eine romantische Weihnachtsgeschichte in 24 Kapiteln

COPPENRATH

Lena

„So, Herr Hartmann. Die Kollegen werden sich gut um Sie kümmern, machen Sie sich keine Sorgen." Lena lächelte dem älteren Herrn beruhigend zu, als die Sanitäter ihn in den Krankenwagen luden. Dann warf sie einen hastigen Blick auf ihre Uhr und eilte zurück in ihre Praxis. Zum Glück stand dort ihr Koffer bereit, sonst hätte sie die adventliche Nordsee-Schiffstour gleich vergessen können. Mit großen Schritten rannte sie die Treppe hinauf.

„Ich dachte, du bist längst weg", rief ihre Kollegin Mia aus Zimmer 2.

„Herr Hartmann kam ausgerechnet kurz vor Sprechstundenende – beginnende Nierenkolik. Ich konnte ihn ja schlecht allein auf den Krankenwagen warten lassen."

„Stimmt schon. Aber jetzt hurtig! Soll ich dich zum Bahnhof fahren? Mit dem Bus wird's knapp."

Dieses Angebot nahm Lena erleichtert an und beschwerte sich nicht wie sonst über Mias rasanten Fahrstil. „Tschüs und danke."

Lena lief durch die Unterführung zum Bahnsteig. Der IC stand bereits da und die Zugbegleiterin winkte ihr, sich zu beeilen.

„Glück gehabt", sagte sie, als Lena einstieg. „Ich hoffe,
Sie haben reserviert, wir sind stark ausgelastet."

Lena nickte. Im Zug versuchte sie, wieder zu Atem zu kommen, während er anfuhr. Natürlich befand sie sich nicht in ihrem Wagen, sie musste weiter durchgehen. So gut wie jeder Platz war besetzt und das Gepäck blockierte den Mittelgang. Von einer gemütlichen Adventsstimmung keine Spur. Hoffentlich würde sich das ändern!

Sie hatte Sitz 39 im Wagen 3 fast erreicht, als der Zug plötzlich bremste. Lena stieß heftig gegen den Mann, der neben ihr auf

dem Gangplatz döste und aufschreckte. Ihr Koffer polterte an den Tisch.
„Passen Sie doch auf!“, beschwerte sich der Mann. „Müssen Sie denn unbedingt jetzt noch hier durch?“
„Entschuldigung. Da vorne ist mein Platz.“ Mühsam kämpfte Lena sich weiter. Das war nun leichter, weil der Zug zum Stehen gekommen war. Hoffentlich nicht zu lange, damit sie das Schiff noch erreichen würde! Seit Wochen freute sie sich auf die Adventsfahrt zwischen Küste und Inseln, es war
ihr erster Urlaub in diesem Jahr.
Leider wurde die Anfahrt nicht so entspannend, wie Lena gehofft hatte: Der IC baute immer mehr Verspätung auf und es fiel Lena schwer, sich auf ihr Buch zu konzentrieren. Es
würde knapp werden!
Lange vor ihrem Ziel stand sie an der Tür, den Finger am Öffnungsknopf, den Koffer in der Hand. Der Zug hielt, die Tür zischte und öffnete sich und Lena hastete in Richtung Anleger, wo das Schiff schon wartete.
„Moin. Und nur mit der Ruhe!“, begrüßte sie ein junger Mann in Uniform. „Sie sind nicht die Letzte. Willkommen an Bord der Seestern.“
Lena atmete erleichtert auf.

Jan

Verdammt, das würde knapp werden! Aber Jan ging davon aus, dass das Schiff auf den Zug wartete und nicht ohne die anreisenden Bahnpassagiere ablegen würde. Schließlich war er nicht der Einzige, der an Bord wollte. Er brauchte diese Auszeit im Advent, bevor ihn die Weihnachtstage heimsuchten. Die letzten Monate in seiner Zimmerei waren sehr anstrengend gewesen. Rund um die Uhr erreichbar, die Verantwortung für zwanzig Mitarbeiter … Er musste dringend mal raus.

Jan strich seine dunklen Locken aus der Stirn und betrat die Kaianlage. Der Bahnhof lag direkt am Anleger, und siehe da: Er hatte die Situation richtig eingeschätzt. Vor der *Seestern* hatte sich an der Gangway eine längere Schlange gebildet. Er würde sich einfach hinten anstellen und dann ganz entspannt aufs Schiff gehen.

Es sah genauso aus, wie es auf der Internetseite abgebildet gewesen war. Kein Kreuzfahrtriese, denn damit wären sie weder zu den Inseln gekommen noch würden sie in den kleinen, lauschigen Fischerhäfen festmachen können.

Jan hatte sich bewusst für die kuschelige Variante entschieden, und wie es aussah, wurde er nicht enttäuscht.

Die weiße *Seestern* lag sicher vertäut am Poller, Bullaugen zierten den Rumpf. An der Reling und oben über den Außendecks glühten Lichterketten und vermittelten weihnachtliches Flair, was ihn seinen Schritt verlangsamen ließ. War die Reise wirklich eine gute Idee? Schnell schüttelte er den Gedanken ab.

Vor den Kabinen waren kleine Balkone angebracht. Es war bestimmt ein schönes Gefühl, hinausgehen zu können. Außerdem würde der Ausblick grandios sein.

„Tim! Bleib hier!"
Die Stimme einer Frau schreckte Jan aus seinen Gedanken auf. Kurz drauf hüpfte ein bunt getupfter Ball über den Kai und ihm folgte blitzschnell ein kleiner blonder Junge. Der Ball hielt Kurs aufs Hafenbecken.
„Tim! Nein!"
Jan zögerte nicht, ließ die Reisetasche fallen, eilte mit großen Schritten auf den Jungen zu und stellte sich ihm schnell in den Weg.
Dem Kleinen schossen Tränen in die Augen, als der Ball mit einem letzten Hüpfer in die Wellen sprang.
Als die Mutter sie erreicht hatte, nahm sie ihren Sohn in den Arm. „Du bekommst einen neuen, wenn die Reise vorbei ist, versprochen." Dann wandte sie sich an Jan. „Danke. Wahrscheinlich war es keine so gute Idee, einen Ball mit auf eine Seereise zu nehmen."
Jan zuckte mit den Achseln und verzog grinsend das Gesicht. Er griff in die Jackentasche und holte ein Jo-Jo hervor. Damit spielte er ganz gern, wenn er nervös war. Er reichte es Tim. „Nimm das so lange. Das rollt wenigstens nicht ins Wasser."
Das Lächeln des Kindes war diese Geste allemal wert.
Die junge Frau gab Jan die Hand. „Danke noch mal. Ich bin übrigens Carla Müller. Mein Mann und ich wollten mit Tim zu Weihnachten mal etwas ganz Besonderes unternehmen – diese Tour hat er sich zum Geburtstag gewünscht." Ihr Blick schweifte skeptisch zur *Seestern*. „Ich werde schnell seekrank, wenn es tüchtig schaukelt. Was tut man nicht alles!" Sie seufzte. „Hauptsache, das Schiff trotzt Wind und Wellen."

„Die *Seestern* ist eine alte Lady und hat bereits manchen Sturm schadlos überstanden. Ich glaube, da können wir ganz beruhigt sein."

„Wenn Sie meinen. Ich muss dann auch los, mein Mann wartet bereits. Wir sehen uns bestimmt an Bord."

„So groß ist das Schiff ja nicht", erwiderte Jan. Nur zwanzig Kabinen, alles überschaubar. So wie er es brauchte.

Er folgte den Müllers zur Gangway. Sie waren die Letzten, und er war froh, als er endlich die Planken unter den Füßen spürte.

Die *Seestern* war tatsächlich etwas in die Jahre gekommen, aber genau das gab ihr das besondere Flair. Die Wände waren frisch geweißt, überall befanden sich dicke dunkelrote Teppiche, Vasen mit Tannengrün und farblich abgestimmten Kugeln. In den Ecken standen kleine Wichtelhäuser, ein Nikolaus neben der Treppe lächelte ihn an. Die Passagiere wurden von leiser Weihnachtsmusik umflutet. Er musste wohl oder übel damit zurechtkommen.

„Wie lautet Ihr Name?"

Jan hatte gar nicht mitbekommen, dass er bei der Anmeldung bereits an der Reihe war.

„Jan Hoffmann."

„Kabine 9 – dort die Treppe rauf und dann links halten."

Jan bekam keine Chipkarte, sondern ihm wurde tatsächlich ein altmodischer Schlüssel in die Hand gedrückt. So bewaffnet, warf er sich die Reisetasche über die Schulter und erklomm die Stufen. Auch hier war ein dicker Teppich ausgelegt, der das Geräusch seiner Schritte schluckte. Aus dem Bordrestaurant roch es bereits verführerisch nach Essen. Jan schloss die Tür zur Kabine auf und ihm entfuhr ein leises „Wow!"

Sein Bett befand sich direkt neben dem bodentiefen Fenster, er

würde also von dort aus das Meer und alles, was es sonst zu sehen gab, begutachten können. Links stand ein Sessel mit Polstern aus rotem Samt, auf dem Beistelltisch hatte man eine Schale Obst bereitgestellt. Das Nachtschränkchen schmückte eine LED-Kerze, umgeben von Tannengrün.
Jan warf sich aufs Bett. Mal schauen, ob er diese Reise wirklich genießen konnte und ob die Nordseeluft hilfreich war. Weihnachten und er, das war nicht gerade eine dicke Freundschaft. Aber manchmal half nur die Konfrontation mit der Vergangenheit.

1

Erfreulicherweise war das Bordrestaurant noch fast leer, so fand Lena einen Platz am Fenster. Zwar war es draußen dunkel, doch in der Ferne leuchteten die Lichter eines anderen Schiffes. Der Boden schwankte leicht und weckte das wohlbekannte Glücksgefühl, das sie bei jeder Seereise ergriff.

Eine Familie mit einem etwa fünfjährigen Jungen steuerte auf ihren Tisch zu, und sie lächelte ihnen entgegen.

„Ich bin Tim!" Der Kleine kletterte auf den Stuhl gegenüber von Lena und musterte sie abschätzend.

„Und ich bin Lena", stellte sie sich ihm vor und wandte sich dann an Tims Eltern. „Lena Meyer. Hallo."

„Wie lustig, wir sind Familie Müller!", antwortete die Frau. Ihr Mann schmunzelte.

Ein grauhaariger Herr mit Brille trat an den Tisch. „Schultheiß", sagte er kurz angebunden und setzte sich.

„Jetzt ist nur noch ein freier Stuhl da", verkündete Tim.

Die Bedienung ging mit den Begrüßungsdrinks herum – Saft oder Prosecco –, und Lena nahm sich Letzteres.

„Da ist der Jo-Jo-Mann!", rief Tim auf einmal laut.

Lena sah auf. Verflixt, das war doch der Typ aus dem Zug, der sie so angefaucht hatte! Auch er schien sie zu erkennen, denn er schaute sich ganz offensichtlich nach einem Platz um, der möglichst weit von ihr entfernt war.

„Komm!" Tim winkte ihm. „Neben Lena ist was frei!"

Nach kurzem Zögern setzte sich der Mann dann doch an ihren Tisch. Eigentlich sah er sympathisch aus. Und da man sich ja auf dem kleinen Schiff ständig über den Weg laufen würde, war es wohl besser, die Luft gleich zu reinigen.

„Nochmals Entschuldigung, dass ich Sie im Zug angerempelt habe“, sagte Lena. „Bei mir war heute alles ein wenig hektisch.“

Er sah sie ernst an. „Nein, ich muss mich entschuldigen, dass ich Sie so angepflaumt habe. Ich war eingeschlafen und bin einfach erschrocken, als Sie gegen mich gestoßen sind. Lassen Sie uns die Sache vergessen. Ich heiße Jan.“

Bevor Lena antworten konnte, flog ein grünes Etwas durch den Saal und landete auf der Schulter eines jungen Mannes, der neben dem Buffet stand.

„Ein Papagei!“, rief Tim begeistert.

„Eine Grünwangenamazone“, korrigierte Herr Schultheiß.

„Leinen los!“, krächzte der Papagei. „Ahoi!“

Unter dem Gelächter der Gäste stellte der junge Mann sich als Reiseleiter Stefan und seinen Gefährten als Don Alonso vor. „Wir freuen uns, Sie auf der *Seestern* begrüßen zu dürfen, und hoffen, Sie richtig in Weihnachtsstimmung zu bringen!“

„Wir freuen uns auch!“, rief Tim.

Lena und Jan wechselten einen Blick. Dies versprach eine schöne, entspannende Reise zu werden.

1

2

„Gerne!“ Schnell stand Jan auf und folgte ihr.
Es war bitterkalt draußen, ihnen schlug eine steife Brise entgegen, und Jan war froh über die warme Jacke.
„Guck, da sind schon welche!“ Er zeigte nach backbord. Auf der Sandbank aalten sich bestimmt zwanzig Seehunde.
„Süß!“, entfuhr es Lena.
„Obwohl die ganz schön scharfe Zähne haben“, meinte Jan.
„Ach was. Guck mal, die eine Robbe winkt uns sogar zu!“ Lena lachte. „Vielleicht sind sie doch ganz freundlich?“ „Das liegt sicher am Weihnachtsboot“, erklärte Jan und wunderte sich selbst über die lockere Antwort. „Das sind nämlich Nikolausrobben. Die haben nur ihre rote Mütze vergessen.“
„Da hast du wahrscheinlich recht!“ Lena machte ein paar Fotos mit dem Handy, anschließend rieb sie sich lachend die Schultern. „Sollen wir so langsam wieder runter? Mir fehlt die Speckschicht der Robben gegen die Kälte. Hast du Lust auf ein ausgiebiges Frühstück im Bordrestaurant?“
„Das kann ich tatsächlich brauchen, ich hatte nur einen Kaffee.“
„Na dann …“

2

Was war das gestern für ein schöner Abend gewesen! Stefan hatte auf seiner Quetschkommode gespielt, und am Ende war keiner umhingekommen mitzusingen. Jan klangen die altbekannten Weisen allerdings noch immer im Ohr. Es schmerzte ihn sehr und zurück in der Kabine suchte er im Handy nach anderer Musik.
Später hatten sie in einem kleinen Fischerdorf festgemacht. Die Häuschen ringsum waren beleuchtet gewesen, aber die Krönung war der schwimmende Weihnachtsbaum, an dem strahlende Girlanden wie glitzernde Wasserfälle ins Hafenbecken flossen. Das hatte sogar ihn beeindruckt.
Jan freute sich auf die Weiterfahrt, denn sie mutete weniger weihnachtlich an: Nach dem Frühstück sollte es zu den nahe gelegenen Seehundbänken gehen. Er machte sich fertig und spazierte ins Restaurant, aus dem es schon verlockend nach Kaffee und frischen Brötchen duftete. Jeden Tisch zierte ein Tannengesteck mit einer dicken LED-Kerze, unter der Decke hing ein mächtiger Adventskranz mit langen roten Schleifen, der ihm gestern Abend gar nicht aufgefallen war.
„Hallo, Jan!", rief Tim sofort von seinem Tisch aus. „Hör mal, wir legen gleich ab!"
Tatsächlich, die Motoren brummten bereits.
„Leinen los!", krächzte Don Alonso, der wieder auf Stefans Schulter saß und jeden Gast im Restaurant begrüßte.
Noch war es ziemlich leer, die meisten Passagiere würden sicher erst frühstücken, wenn das Schiff die Seehundbänke passiert hatte. Jan suchte sich einen Fensterplatz und trank in Ruhe seinen Kaffee.
Als er aufblickte, winkte ihm Lena zu. „Wir nähern uns den Seehunden. Wollen wir zusammen an Deck gehen?"

3

nicht die Einzige, im Nu bildete sich eine Schlange.
„Hallo Lena“, sagte plötzlich eine Männerstimme hinter ihr. Erschrocken drehte Lena sich um. „Jan! Ich hatte dich gar nicht gesehen.“
„Ich saß ein wenig am Rand, weil ich ein bisschen zu spät gekommen war. Ich hatte noch einen wichtigen Anruf.“
„Und? Wie hat es dir gefallen?“
„Sehr gut. Ich liebe Dickens’ Werke.“
Lena sah ihn überrascht an. „Wirklich? Ich auch! Und um Weihnachten herum ganz besonders seine Weihnachtsgeschichte mit ihren Geistern, die aus dem mürrischen Geizhals einen gütigen und helfenden Menschen machen.“
„Ich wünschte, das wäre immer so einfach! Mir geht diese Story persönlich sehr nah, wenngleich ich sie für unrealistisch halte. Aber sie wurde gut vorgetragen.“
Nachdem Lena und Jan der Vorleserin Komplimente zu ihrer Darbietung gemacht hatten, gingen sie wie selbstverständlich zusammen zum Tisch, auf dem bereits die Scones, appetitlich glänzende Butter und ein Schälchen Erdbeermarmelade bereitstanden.

3

Am Nachmittag sollte es eine Lesung geben, worüber Lena sich sehr freute. Sie hatte sich nach dem ausgiebigen Frühstück mit Jan eine Weile in ihre Kabine zurückgezogen und auf das Mittagessen verzichtet. Nach den hektischen Wochen in der Praxis war es nicht ganz einfach runterzukommen. Sie brauchte diese Auszeit dringend. Im Programm hatte Lena gesehen, dass in der Pause der Lesung aus Charles Dickens' Weihnachtsgeschichte Tee und englische Scones mit Butter und Erdbeermarmelade gereicht werden würden. Lena liebte dieses Gebäck, vor allem, wenn es auch noch Rosinen enthielt. Als sie nun in Richtung Bordrestaurant schlenderte, war sie froh, dass ihr Magen leer genug war, um die Tea Time richtig genießen zu können.

Die Vorleserin war eine sympathische Frau um die sechzig in einem silbergrauen Biedermeier-Kleid und mit gehäkelten, fingerlosen Spitzenhandschuhen. Nicht alle Gäste waren gekommen, um ihr zuzuhören. Die Müllers fehlten und dieser mürrische Herr Schultheiß. Und Jan. Auch wenn es nach einem Klischee klang: Es gab eben zahlreiche Männer, die mit Literatur nicht viel anfangen konnten.

„Good afternoon, ich bin Mrs Elizabeth Dickens", stellte die Dame sich vor, „und ich möchte Ihnen gerne eine Geschichte vorlesen, die mein Sohn Charles kürzlich geschrieben hat. Natürlich bin ich sehr stolz auf ihn und ich hoffe, ich kann Sie gut unterhalten."

Das Publikum lachte und machte sich bereit, der Geistergeschichte um den Geldverleiher Ebenezer Scrooge zu lauschen.

Der Applaus am Ende des ersten Teils war groß, denn Mrs Dickens hatte mitreißend gelesen. Lena stand auf, um ihr das persönlich zu sagen, bevor sie sich dem Tee und den Scones widmete. Sie war

Tisch
4
Reserviert ab 19.00

Jan verschränkte die Arme hinter dem Kopf, legte den Unterschenkel auf das Knie und schloss die Augen. So konnte er so tun, als ob er der Dame zuhörte, obwohl er sich kaum konzentrieren konnte.
Er schrak zusammen, als Mrs Dickens das Buch lautstark zusammenklappte. „Und zum Abschluss singen wir noch ein englisches Weihnachtslied."
Jan schluckte. Ihm war die Stimmung irgendwie vermiest. Aber er war selbst schuld und hatte sich eigenhändig in die Situation hineinmanövriert.
„Ich geh schon mal in die Kabine, mir ist nicht gut", sagte er zu Lena.
Kaum hatte Jan das Restaurant verlassen, hörte er die Töne von *The First Noel* und war froh, nicht mitsingen zu müssen.

4

Jan war froh, dass an Lenas Tisch noch ein Platz frei war. Da sie sich in der Pause so angeregt unterhalten hatten, zögerte er nicht, sich neben sie zu setzen.

„Ich bin auf die zweite Hälfte sehr gespannt“, flüsterte Lena.

„Dito. Weil ich Ebenezer verstehen kann. Wenigstens zum Teil.“

Jan wusste auch nicht, warum ihm jetzt ausgerechnet *dieser* Satz herausgerutscht war und dann noch in diesem harschen Tonfall. Er hatte einfach ein grandioses Talent, Stimmungen zu vermasseln. Wahrscheinlich war er wirklich ein Miesmacher wie Ebenezer Scrooge.

Lena schaute ihn sogleich fassungslos an. „Interpretiere ich das richtig, nach allem, was du ständig von dir gibst, dass du Weihnachten nicht magst?“

„Ja“, gab Jan knapp zurück.

„Warum machst du dann so eine Kreuzfahrt mit, auf der es einzig und allein um das Fest geht und man doch eigentlich die weihnachtliche Stimmung genießen will?“

Jan seufzte. Was sollte er dazu sagen? Dass er seit Jahren an diesem für alle so wichtigen Abend einsam in seinem großen Haus saß und nur hoffte, die Tage mögen schnell vorbeigehen? Dass er sich nichts sehnlicher wünschte, als jemanden an seiner Seite zu haben, und dies mit dem angeblich gewollten Alleinsein kaschierte? Auch indem er sogar an den Feiertagen in der Werkstatt stand, bloß um nicht nachdenken zu müssen? Dass er hier war, weil sein Freund Heiko ihn förmlich dazu gezwungen hatte?

Alles keine Themen für eine fremde Frau. Also biss er sich lieber auf die Lippen.

„Ich musste mal raus“, gab er stattdessen zur Antwort. „Nun lass uns der Lesung lauschen. Mrs Dickens kommt zurück.“

2 Engel für Nikolaus
Das Musical zum Fest
5

Plötzlich krachte es hinter der Tür einer der Kabinen und eine Frau schrie auf. Dann fing ein Kind an zu weinen.
Das musste Tim sein! Der Kleine war das einzige Kind an Bord. Hoffentlich war ihm nichts passiert!
Kurz entschlossen klopfte Lena an die Kabinentür. „Hallo? Hier ist Lena Meyer. Ist alles in Ordnung? Kann ich helfen?“
Carla Müller öffnete die Tür einen Spalt breit. Sie sah aus, als hätte sie nicht viel Schlaf bekommen.
„Es ist gerade ein wenig viel. Mein Mann ist schon ewig weg zum Frühstücken, die Schranktür ist defekt und klappert auf und zu. Und Tim geht es schlecht. Mir gehen langsam die Ideen aus …“
„Darf ich ihn mir mal anschauen? Ich bin Ärztin.“
Erleichtert ließ Carla sie eintreten. Tim lag wimmernd in seiner Koje, eine rote Plastikschüssel neben sich.
„Es kam ganz plötzlich. Er hat sich mehrfach übergeben.“
Lena zwinkerte dem Jungen aufmunternd zu. „Wahrscheinlich bist du seekrank, Tim. Aber keine Angst, das kriegen wir schnell in den Griff. Ich hab da was.“

5

Nach dem Aufwachen blieb Lena gemütlich liegen und ließ den gestrigen Nachmittag Revue passieren. Sie hatte die Lesung mit Tee und Scones sehr genossen, aber sie war ganz froh gewesen, dass Jan beim Abendessen an einem anderen Tisch saß und ihr das bevorstehende Weihnachtsfest nicht weiter mit seinen Bemerkungen vermiesen konnte. Sie schaukelte doch lieber ohne ihn weiter über die Nordsee.

Schaukelte?

Tatsächlich fiel ihr erst jetzt auf, dass ihre Koje ganz schön schwankte und das Meer sie nicht mehr sanft wiegte. Das musste der Sturm sein, den der Reiseleiter gestern Abend angekündigt hatte.

Vorsichtig setzte sich Lena auf. Alles okay, zum Glück neigte sie nicht dazu, seekrank zu werden. Im Gegenteil, ihr Magen verlangte knurrend nach baldiger Nahrung.

In Vorfreude auf das üppige Frühstücksbüffet machte Lena sich fertig und verließ fröhlich summend ihre Kabine. Die *Seestern* schlingerte ganz schön, da würden wohl einige Leute keinen Appetit haben.

Die Handläufe an den Wänden des Ganges waren heute durchaus nützlich, stellte Lena fest, als das Schiff plötzlich stark nach links ruckte und sie sich gerade noch festhalten konnte.

Der älteren Dame, die ihr entgegenkam, ging es genauso. Sie lachte. „Man bietet uns auf dieser Fahrt wirklich das volle Programm!"

„Zugegeben", erwiderte Lena, „ganz so viel Seegang hatte ich nicht erwartet."

„Ist ein bisschen wie auf der Kirmes. Ich hangele mich dann mal weiter."

Auch Lena setzte ihren Weg fort.

Tisch
6
Reserviert ab 1

„Sie haben bei der Werbung für die Fahrt nicht übertrieben", bestätigte Jan, weil er keinen weiteren Unmut wecken wollte. Und es sah tatsächlich ansprechend aus.
Das Restaurant war mit vielen kleinen Leuchten versehen und er hatte das Gefühl, unter einem Sternenhimmel zu speisen. Hinzu kam das mit weihnachtlichen Leckereien angereicherte Buffet. Neben dem klassischen und sehr üppigen Frühstück gab es auch dick mit Butter bestrichenen Klaben, die norddeutsche Variante eines Stollens.
Jan hatte natürlich zugegriffen und biss genüsslich in ein Stück. Er spürte der Süße und dem nussigen Geschmack nach. Davon würde er sich Nachschub holen. So gestärkt stand seinem Einsatz an der Schranktür nichts im Wege und er konnte sich bei Lena wieder in ein besseres Licht rücken.

6

Jan saß am Frühstücktisch und wollte eben das Ei aufschlagen, als er Lena ins fast leere Bordrestaurant stürmen sah. Sein Ausbruch gestern bescherte ihm noch immer ein schlechtes Gewissen – der war wirklich dumm gewesen. Lena fand ihn nun garantiert unsympathisch. Sie würde bestimmt nachfragen, warum er dem Weihnachtsfest nichts abgewinnen konnte. Darüber wollte er aber auf keinen Fall sprechen.

Lena steuerte direkt auf seinen Tisch zu. „Kannst du mir einen Gefallen tun und bitte nach dem Frühstück zu den Müllers gehen?“

„Warum?“

„Da ist eine Schranktür zu Bruch gegangen. Es ist ihnen sehr unangenehm, sie würden es lieber selbst reparieren. Ihr Mann habe aber zwei linke Hände, meinte Frau Müller, und ihr selbst ginge es auch nicht besser.“ Lena zögerte. „Da dachte ich an dich. Auch wenn du ja eigentlich Urlaub hast.“

Jan huschte ein erleichtertes Lächeln übers Gesicht. Vielleicht konnte er seinen Fauxpas von gestern ein bisschen wiedergutmachen.

„Bitte nicht erschrecken, Tim ist seekrank“, fügte Lena noch hinzu.

„Ist gut. Ich frühstücke zu Ende, dann gucke ich mir den Schaden mal an“, versprach Jan.

„Darf ich mich zu dir setzen und mein Brötchen hier essen?“, fragte Lena.

„Wenn du seefest bist.“ Jan wiegte den Kopf.

„Alles gut!“ Lena machte eine ausschweifende Handbewegung. „Das Ambiente ist so toll hier. Die Crew verändert es täglich.“

7
DER NIKOLAUS KOMMT!
um 18.°°, großer Speisesaal

„Jetzt", kommandierte Jan. Einem kurzen Aufschrei folgte ein „Schei...benkleister."
Lena fuhr herum. Zwar war es den beiden Männern trotz des Schaukelns gelungen, die Schranktür wieder einzuhängen, aber Jan hatte sich an der gesplitterten Ecke verletzt. Zwischen den Fingern, mit denen er seine linke Hand hielt, entdeckte sie Blut.
„Alles okay", behauptete Jan.
„Das sieht mir nicht so aus. Zeig her!"
Widerwillig streckte Jan die Hand aus. Die Verletzung war nicht tragisch, aber er brauchte tatsächlich mehr als nur ein Pflaster. Gut, dass Carla ein Erste-Hilfe-Täschchen parat hatte.
Unter Tims aufmerksamen Blicken begann Lena, die Wunde zu reinigen und zu verbinden, während Gregor Müller die Kabine verließ, um den Schaden nun doch zu melden.
„Wie kann ich mich bedanken?", fragte Jan, als Lena seine Hand wieder freigab. „Das wird sich finden", antwortete sie vage.

7

Zusammen mit Jan kehrte Lena nach dem Frühstück in die Kabine der Müllers zurück. Tim, der längst nicht mehr so blass war wie vorhin, lächelte ihr zaghaft entgegen.
„Wie geht's meinem Patienten?“, fragte Lena.
„Besser“, antwortete Carla. „Wie gut, dass du passende Medizin dabei hast, nicht wahr, Timmi?“
„Ich habe auf Schiffsreisen bereits öfter Erste Hilfe bei so was leisten müssen“, erzählte Lena. „Jan ist auch mitgekommen, er schaut sich gleich mal die Schranktür an.“
„Sollen wir nicht doch besser einfach jemandem vom Schiff Bescheid sagen, Gregor?“, fragte Carla ihren Mann, der inzwischen auch zurückgekehrt war.
„Das kriegen wir schon hin“, antwortete der zuversichtlich. „Nur allein ist es schwierig, weil die Tür ausgehängt ist.“
Jan warf einen abschätzenden Blick auf den Schaden. „Ich sehe das Problem eher darin, dass an der Ecke da unten ein Stück abgebrochen und gesplittert ist. Aber bauen wir die Tür erstmal ein, damit sie aus dem Weg ist und bei diesem Seegang niemanden gefährdet. Den Rest klären wir danach.“
Lena setzte sich zu Tim und nahm seine Hand, um seinen Puls zu fühlen. „Das ist ganz schön aufregend auf See“, sagte sie zu ihm. „Besonders auf diesem Weihnachtsschiff. Ich glaube, ich habe vorhin sogar einen kleinen Adventsengel vorbeifliegen sehen.“
Tim riss die Augen auf. „Gibt's die?“
„Ich weiß nicht. Es könnte natürlich auch Don Alonso gewesen sein.“
„Der ist doch grün, und Engel sind weiß!“
„Dann muss der Papagei sich verkleidet haben, oder …“

8

„Manchmal wird Don Alonso übermütig. Dann haut er ab und spielt mit mir Verstecken. Ich hab aber keine Ahnung, warum er immer wieder diesen Freiheitsdrang verspürt. Hoffentlich hat der werte grüne Herr sich gleich ausgetobt."
Jan folgte Stefan an Deck. Dort pfiff dieser einmal und der Papagei kam sofort zu ihm.
„Küss mich!", krächzte er.
„Den Teufel werde ich tun. Du kommst jetzt mit rein!" Fröstelnd rieb Stefan sich die Arme. „Wenn das weiter so stark friert, haben wir morgen sicher Eisgang." Dann winkte er, und die beiden verschwanden in die Wärme des Schiffes.
„Das wäre erledigt", sagte Jan zufrieden.
„Nun ein Adventsfrühstück mit Blick auf die winterliche Nordsee?", fragte Lena.
„Winterlich klingt gut." Vielleicht würde Lena ihn ja doch nicht löchern und sie konnten einfach entspannt speisen.

8

In der Nacht hatte sich der Sturm gelegt und die *Seestern* brummte ruhig voran mit Kurs auf den nächsten Hafen, wo erneut ein Landgang geplant war. Jan zog die Gardine seiner Kabine beiseite und schaute hinaus aufs Meer, das nun wie ein Spiegel vor ihm lag. Die Sonnenstrahlen brachen sich auf der glatten Oberfläche, die nur vom Bug des Schiffes zerschnitten wurde, sich aber schnell wieder schloss. Vor dem Frühstück wollte er noch raus an Deck und diesen Anblick genießen.

Also rasch ins Bad und rein in die Klamotten. „Ich fürchte, es wird sehr kalt sein." Jan griff nicht nur nach der dicken Daunenjacke, sondern entschied sich auch für Mütze und Schal. Er hatte mit seiner Einschätzung richtig gelegen: Als er an Deck trat, nahm ihm die beißende Kälte fast den Atem.

„Schietwedder", hörte er. „Schietwedder!" Don Alonso umflog seinen Kopf.

„Was machst denn du hier?", fragte Jan. „Es ist viel zu kalt für dich."

„Mast- und Schotbruch!", bekam er zur Antwort.

„Der erfriert doch hier draußen." Lena war neben Jan getreten und schüttelte beim Anblick des Papageis den Kopf. „Wie kriegen wir ihn zurück ins Schiff?"

„Kielholen!" Don Alonso flatterte ein Stück weiter und setzte sich auf die Reling.

„Ich sag Stefan Bescheid. Der sucht ihn doch bestimmt", entschied Jan.

„Gute Idee. Ich passe auf, wohin er fliegt."

An der Rezeption wurde Jan fündig. Stefan war tatsächlich schon auf der Suche nach seinem Vogel.

Wer hat Alonso gesel
Tisch
9
Reserviert ab

„Wahrscheinlich hat er die Müllers im Visier", sagte Jan ernst. „Oder die rothaarige Frau da drüben. Oder Stefan. Der ist nämlich gar kein Reiseleiter, sondern …"
„Ein Spion!" Wie herrlich, mit Jan so herumzuflachsen!
„Da kommt er."
„Wer? Stefan, der Spion?"
„Ja. Allerdings ohne Papagei. Der ist wohl gerade in geheimer Mission unterwegs."
Stefan blieb in der Mitte des Raumes stehen. „Liebe Gäste, leider wird Don Alonso vermisst. Falls Sie ihn sehen, geben Sie mir bitte umgehend Bescheid. Danke."
„Schon wieder?" Jan trank seinen Kaffee aus. „Was meinst du – sollen wir Stefan behilflich sein und mit auf die Suche gehen?"
„Gute Idee. Wir haben den Papagei ja beim letzten Mal auch gefunden."

9

„Was macht deine Hand?“, fragte Lena, als sie gemütlich am Frühstückstisch saßen.
Trotz der adventlichen Dekoration hier hatte sie sich entschlossen, das Thema Weihnachten zu meiden. Da würde sie mit Jan auf keinen grünen Zweig kommen und sich am Ende noch mit ihm streiten. Denn Lena liebte das Fest über alles – die großen Familienfeiern ihrer Kindheit, später die lockeren Weihnachtstage mit ihrer Schwester Eva, ihrem Schwager und der kleinen Nathalie …
Dieses Mal würde Lena allerdings allein feiern müssen, weil Eva mit ihrer Familie für ein Jahr nach Australien gegangen war. Aber auch so würde sie es sich gemütlich machen.
„Tut gar nicht mehr weh.“ Jan bewegte seine Finger. „Ich glaube, ich hatte eine gute Ärztin.“
„Die einen Verbandswechsel empfiehlt. Ich schau mir das nachher nochmal an, ja?“
„Wenn du meinst … Guck mal, dein anderer Patient ist wieder putzmunter!“
Tim rannte durch den Speisesaal zum Buffet. Dabei stieß er an einen Herrn, der empört auffuhr: „Hey, benimm dich!“
„Dieser Herr Schultheiß ist ein ziemlicher Miesepeter“, raunte Jan.
„Vielleicht war er kurz eingeschlafen und ist erschrocken?“ Lena schmunzelte.
Jan zog eine Grimasse. „Ich verstehe einfach nicht, was der Mann hier an Bord macht, wenn er nur schlechte Laune hat.“
Lena konnte sich eine Bemerkung über Weihnachtshasser auf einer Weihnachtskreuzfahrt gerade noch verkneifen. „Bestimmt ist er ein Geheimagent, der jemanden beobachtet?“ Upps, sie hätte eine so verrückte Idee besser für sich behalten sollen.

10

dunkle Wolkenwand, die bei den augenblicklichen Temperaturen sicher Schnee mit sich bringen würde.
„Wenn Don Alonso hier ist, muss er dringend rein", sagte Lena mit einem besorgten Blick zum Himmel. „Tut mir leid, dass ich dich eben so angefahren habe. Du wirst deine Gründe haben, warum du Weihnachten kritisch siehst."
„Die habe ich", antwortete Jan. „Ich möchte aber nicht drüber reden. Vielleicht ein anderes Mal. Jetzt müssen wir den Papagei finden."
Sie umrundeten die *Seestern* entlang der Reling, aber von Don Alonso fehlte jede Spur.

10

„Wo beginnen wir mit der Suche?“, fragte Lena.
„Ich schlage vor auf dem Kabinendeck. Don Alonso ist ziemlich neugierig, und dort halten sich immer mal wieder Menschen auf. In der Kombüse oder im Restaurant ist er bestimmt nicht, da hätte man ihn längst entdeckt.“
„Gut, dann mal los!“
Sie erklommen die Treppe und spähten in jede Ecke und jeden Winkel. Aber der Papagei blieb verschwunden.
„Mist, er muss doch irgendwo zu finden sein!“, murmelte Jan. „Wir müssen wohl draußen gucken. Immerhin war er heute schon einmal dort, obwohl es da viel zu kalt ist.“
Lena lachte auf. „Wenn ich das später zu Hause erzähle: Auf dem Schiff war ein Papagei, der gern Verstecken spielt! Man wird mich für vollkommen verrückt halten.“
Jan zuckte grinsend mit den Schultern.
Lena schlug einen schwärmerischen Ton an. „Es ist halt Weihnachten, da sind sogar durchgeknallte Papageien möglich. Es ist die Zeit der Magie!“
„Weihnachten ist eine Zeit wie jede andere, nur dichten die Menschen diesen Wochen ständig Wunder an.“
„Oh, sorry, ich vergaß den alten Ebenezer Scrooge!“
Mist, warum hatte er das schon wieder gesagt? Er hätte sich doch denken können, dass Lena darauf verschnupft reagieren würde.
„Lass uns lieber Don Alonso suchen“, versuchte Jan das Thema zu wechseln. „Nicht, dass dem Vogel etwas zustößt.“
Sie liefen die Treppe hinunter und gingen hinaus an Deck. Es war noch immer schneidend kalt, von Osten her näherte sich eine

DER NIKOLAUS KOMMT!
um 18.°°, großer Speisesaal

11

„Das hat jemand mit Absicht gemacht“, rief Stefan und stürmte auf das Gepäckstück zu. „Don Alonso ist eingesperrt.“

Plötzlich stand Herr Schultheiß neben Lena. „Was erdreisten Sie sich, in meine Privatsphäre einzudringen! Das wird Folgen haben!“, schimpfte er.

„Was erdreisten Sie sich, den Schiffspapagei zu entführen!“, rief Stefan und öffnete den Koffer. Ein grüner Blitz sauste zeternd durch die Kabine und setzte sich schließlich auf seine Schulter.

„Kielholen!“, kreischte er triumphierend, als er herausgetragen wurde.

„Ja, das wird Folgen haben!“ Der Steward schloss die Tür. „Kommen Sie bitte gleich mit zum Kapitän, damit wir das klären können.“ Herr Schultheiß folgte ihm mit grimmiger Miene.

„Ihr habt Don Alonso gerettet!“ Stefan strich ihm liebevoll über das grüne Federkleid. „Wer weiß, was der Mann mit ihm vorhatte.“

Lena nickte. „Zum Glück hat Tim so gute Ohren!“

11

„Don Alonso! Don Alonso, wo bist du?“ Auch Tim war auf die Suche gegangen. Auf einmal stand er direkt vor Lena und Jan. „Habt ihr ihn gesehen? Vielleicht ist er draußen? Oder weggeflogen?“ Der kleine Junge verzog das Gesicht, als würde er gleich anfangen zu weinen.

„Nein, das denke ich nicht“, sagte Lena. „Draußen ist es ihm bestimmt viel zu kalt.“

„Aber Stefan hat gesagt, sonst kommt Don Alonso immer, wenn er nach ihm pfeift.“

„Vielleicht ist er in eine der Kabinen geschlüpft und aus Versehen eingeschlossen worden?“, überlegte Lena laut.

Jan nickte. „Das müsste sich feststellen lassen. Was haltet ihr davon, wenn wir an jeder einzelnen Tür rufen und lauschen? Falls er antwortet, sagen wir Stefan Bescheid.“

Sein Vorschlag wurde begeistert angenommen. Doch hinter den ersten Kabinentüren blieb alles still.

„Das hier ist meine.“ Jan öffnete. Nichts.

„Don Alonso!“ Tim presste sein Ohr bereits gegen die nächste Tür.

Lena wechselte einen Blick mit Jan. Sie waren fast am Ende des Ganges angelangt.

„Ich glaube, ich hör was. Aber ganz leise“, flüsterte Tim.

Lena und Jan legten nun auch ihr Ohr ans Holz. Ein schwaches „Kielholen!“ war zu hören. Das konnte nur Don Alonso sein! Er war tatsächlich in dieser Kabine.

„Ich rufe Stefan.“ Jan joggte davon und kam kurz darauf mit dem Reiseleiter und einem der Stewards zurück, der die Tür öffnete. Stefan pfiff, doch der Papagei flog nicht zu ihm.

„Küss mich!“, klang es gedämpft aus dem großen Koffer.

№12

Stefan verdrehte die Augen. „Ja, genau. Und wenn er ihr dann doch nicht zusagt, könnte man ihm ja auch die Freiheit schenken." Er schnaufte verächtlich. „Keine Ahnung von Tierhaltung, und im Zweifel muss man es ja nicht selber ausbaden. Das ist echt verantwortungslos!"

„Was soll man auch schon von jemandem erwarten, der ein Tier stiehlt!", empörte sich Lena.

Harm Meester nickte. „Nein, Herr Schultheiß. Das kann ich auf der *Seestern* nicht dulden. Ich werde Sie am nächsten Hafen des Schiffes verweisen. Dazu werde ich die Behörden informieren und Anzeige erstatten. Für die Kosten der Rückreise müssen Sie selbst aufkommen. Bitte packen Sie Ihre Sachen."

„Von mir hören Sie auch noch!", drohte Stefan.

Herr Schultheiß presste nur wütend die Lippen zusammen und stürzte hinaus.

„Und Sie lade ich jetzt im Restaurant zu einer Kanne Ostfriesentee mit Krintstuut ein", erklärte der Kapitän.

„O du fröhliche!", rief Don Alonso. „Warum hast du nicht nein gesagt…" Da hatte der Papagei wohl ein paar Lieder durcheinander bekommen.

„Das wird schon wieder." Stefan hob den Daumen.

12

„Würden Sie und Lena uns zum Kapitän auf die Brücke begleiten?", bat Stefan, der Don Alonso immer noch am Kopf kraulte. Der Papagei genoss das sichtlich.

Jan nickte und schaute fragend zu Lena, die ebenfalls zustimmte und gleich fragte: „Was wird mit Herrn Schultheiß passieren?"

„Mal sehen, ich glaube nicht, dass er glimpflich davonkommen wird", mutmaßte Stefan und ging voraus. „Immerhin hätte Don Alonso sich in diesem viel zu engen Koffer verletzen können. Das ist Tierquälerei. Ich für meinen Teil werde Anzeige erstatten."

„Richtig so!", meinte Lena. „Bei solchen Leuten muss man klare Kante zeigen."

„Das stimmt, die verstehen keine andere Sprache", ergänzte Jan.

Sie waren an der Brücke angekommen, wo Kapitän Harm Meester sich bereits den aufgeregten Bericht des Stewards anhörte. Er ließ sich danach auch von den anderen Beteiligten die Situation schildern.

„Wir können von Glück sagen, dass Don Alonso nichts passiert ist", schloss der Kapitän. „Was wollten Sie denn überhaupt mit dem Papagei?"

Herr Schulheiß druckste herum. „Es sollte ein Weihnachtsgeschenk sein. Für meine Nichte. Sie liebt Papageien."

„Und dann sind Sie auf die grandiose Idee gekommen, einfach einen zu klauen?", fragte Stefan, dem man die Wut förmlich ansah.

Herr Schultheiß sah verschämt zu Boden. „Er hätte es auch gut bei ihr."

„So, hätte er? Und was, wenn sie auf einmal keine Lust mehr auf ihn hätte? Weiß sie überhaupt irgendwas über den Umgang mit Papageien?"

„Sie würde es schon lernen!"

13
Greetsiel

Lena stimmte zu und sie schlugen den Weg am Hafen entlang ein.
„Schau, da drüben ist deine Namensschwester." Jan deutete auf einen blaugestrichenen Kutter, an dessen Seite tatsächlich der Name *Lena* prangte.
„Direkt neben der *Eva-Maria*!" Lena lachte. „Meine Schwester heißt Eva! Da muss ich gleich noch ein Foto machen." Sie griff mit der rechten Hand in ihre Jackentasche und hielt ihren Snack in der linken.
In diesem Moment stieß eine Silbermöwe herab, riss ihr das angebissene Brötchen aus der Hand und flog damit fort.
Lena schrie auf.
„Was …?", fragte Jan, doch da hatte bereits die zweite Möwe Beute gemacht und er betrachtete seine leere Hand.
Eine dritte Möwe kam geflogen und starrte sie gierig an.
„Nichts wie weg hier!" Lena drehte sich um und begann zu rennen. Hinter sich hörte sie Jans Schritte. Erst als sie an den Buden angekommen waren, blieben sie stehen, um zu verschnaufen.
„Mein schönes Heringsbrötchen!" Lena seufzte.
„Möwen?" Die Frau vom Fischstand grinste.
„Sind die immer so räuberisch?", fragte Jan zurück.
„Weiß man doch." Die Frau schüttelte den Kopf. „Möchten Sie noch mal was?"
Aber der Appetit auf Fischbrötchen war ihnen gründlich vergangen.

13

Am Nachmittag legte die *Seestern* bei einem idyllischen Küstenort an, wo ein Weihnachtsmarkt stattfinden sollte. Bunte Fischkutter schaukelten am Kai und ein Schwarm Möwen kreiste schreiend über dem Wasser.

Lena stand an Deck und beobachtete zufrieden, wie der Steward Herrn Schultheiß von Bord führte und dieser wütend davonstapfte.

„Willst du gar nicht an Land gehen?", fragte Jan, der plötzlich hinter ihr aufgetaucht war.

„Doch, ich habe hier oben nur ein paar Fotos von unserer Einfahrt in den Hafen gemacht. Der Anblick mit dem großen Weihnachtsbaum im Hintergrund war einfach zauberhaft." Eine weitere Bemerkung über die adventliche Romantik des Anblicks verkniff Lena sich, Jan würde diese ohnehin nicht zu schätzen wissen. Stattdessen fragte sie: „Hast du auch Lust auf ein Fischbrötchen? Bismarckhering mit Zwiebeln oder so, um den süßen Krintstuut auszugleichen?"

„Warum nicht? Dort drüben sind ein paar Stände, vielleicht haben die da so was Leckeres."

Tatsächlich gab es neben drei kleinen, weihnachtlich geschmückten Holzhütten, in denen Kerzen und Duftlampen, gefilzte Hüte und Papiersterne verkauft wurden, zwei Imbissbuden. Jan und Lena gingen am Wurststand vorbei, stellten sich beim Fisch an und bewunderten die große Auswahl an appetitlich dekorierten Brötchen mit Matjes oder Makrele, mit Backfisch oder Granat. Lena blieb dennoch bei ihrem Bismarckhering, während Jan sich für Matjes entschied. Sie bissen genussvoll hinein.

„Wollen wir ein Stück spazieren gehen?", fragte Jan.

MARONEN
Ich liebe Dich
Ich liebe Dich

14

gehe ich bestimmt nicht hier weg. Im Gegenteil: Ich hole mir jetzt noch gebrannte Mandeln und werde sie sehr genießen. Ohne auch nur einer einzigen Möwe was abzugeben."
Jan schnaubte. „Das hier sind Weihnachtsmöwen, die vertilgen alles. Du wirst schon sehen, was du davon hast!"
Er drehte sich um und marschierte zurück zur *Seestern*. Mit jedem Schritt wurde er wütender. Aber nicht auf die Möwen, die ihm den Spaß am Weihnachtsmarktbesuch zunichtegemacht hatten. Und erst recht nicht auf Lena, die sich wie ein kleines Mädchen auf das Fest freute und der nun die Laune verdorben war.
Nein, Jan war sauer auf sich selbst. Er war und blieb ein Trampeltier. Ein Elefant im Porzellanladen. Es wurde Zeit, ehrlich mit Lena über seine Gründe, warum er Weihnachten nicht mochte, zu reden.
Seine Hoffnung, dass die Schiffsreise ihn irgendwie heilen würde, hatte eben einen massiven Dämpfer erhalten.

14

„Haben wir was falsch gemacht?“, fragte Lena.
Jan zuckte mit den Schultern. „Wahrscheinlich alles.“
Über Lenas Gesicht glitt ein breites Grinsen. „Verkehrtes Brötchenessen? Gibt’s da Regeln?“
„Es ist bekannt, dass die Möwen sehr aggressiv reagieren, weil sie von den Touristen durch gezielte Fütterung konditioniert wurden“, dozierte Jan. „Wir hätten am besten unter der Markise am Stand bleiben sollen.“
„Was auch nichts genützt hätte!“ Lena deutete zur Wurstbude, an der gerade zwei weitere Leute von den Möwen attackiert wurden. Sie rissen ihnen die Pommestüte aus der Hand, obwohl sie sich direkt am Stehtisch neben dem Tresen befanden.
„Man kann wohl nichts machen, außer reinzugehen.“ Jan verzog das Gesicht. „Ein menschengemachtes Problem.“
„Ja, schon, aber die letzte Konsequenz wäre dann, keine Pommes oder kein Fischbrötchen mehr zu kaufen, wenn es nicht möglich ist, sie draußen zu essen.“
„Genau so sehe ich das. Dieser Weihnachtsrummel ist eben auch für die Tierwelt schädlich.“
Lena schaute ihn kopfschüttelnd an. „Nicht dein Ernst, oder? Wovon sollen die Imbissverkäufer leben, wenn wir sie der Möwen wegen boykottieren?“
Jan ging auf das Gesagte nicht ein. „Ich werde jetzt zum Schiff zurückgehen. Kommst du mit?“
„Den Teufel werde ich tun“, empörte Lena sich. „Ich habe mich total auf diesen kleinen Adventsmarkt am Hafen gefreut. Bloß weil du ein Weihnachtsmuffel bist und einem alles vermiesen musst,

Tisch
15
Reserviert ab 19

„Das wusste ich nicht. Überhaupt habe ich keine Ahnung von Papageien“, gab Lena zu.
„Das kann ich ändern.“ Stefan begann, ihr begeistert einen kleinen Vortrag zu halten.
Lena lauschte interessiert. Es war nett, heute beim Essen zur Abwechslung mal länger mit Stefan zu quatschen. Doch ihre Konzentration war nicht die Beste. Immer wieder glitt ihr Blick zu Jan.
„… meinst du nicht auch?“, fragte Stefan.
Lena zuckte zusammen. Worum ging es?
„Süßes!“, forderte Don Alonso und rettete sie aus ihrer Verlegenheit.
Schnell stand Lena auf. „Ich hole dir einen Apfel.“
„Leinen los!“, krächzte der Papagei.

15

Die gebrannten Mandeln schmeckten leider weniger gut als sonst. Das lag natürlich nicht an den Mandeln selbst, sondern an Lenas mieser Stimmung. War der Streit wirklich notwendig gewesen? Sie wusste doch, dass Weihnachten für Stefan ein rotes Tuch war. Allerdings fragte sie sich, warum er dann überhaupt diese adventliche Schiffstour mitmachte. Hatte er sie bei einem Preisausschreiben gewonnen oder geschenkt bekommen?

Lena nahm sich eine letzte Mandel, verschloss die Tüte und steckte sie in die Jackentasche. Sie warf der Silbermöwe, die ganz in der Nähe auf einem Poller saß, einen wütenden Blick zu.

„Eigentlich seid ihr an allem schuld“, murmelte sie und machte sich auf den Rückweg zur *Seestern.*

Zum Abendessen ging Lena extra später als sonst, weil sie Jan aus dem Weg gehen wollte. Zufrieden entdeckte sie, dass er bereits an einem der Tische saß und sich mit einem älteren Ehepaar unterhielt. Fein, dann konnte sie sich einen anderen Platz aussuchen und lief nicht Gefahr, sich wieder seine blöden Bemerkungen über das Weihnachtsfest anhören zu müssen.

Ein bisschen vermisste sie ihn allerdings doch. Es war auch irgendwie schwierig, nicht ständig zu ihm hinüber zu schielen. Zum Glück kam nun Stefan auf sie zu, Don Alonso auf seiner Schulter.

„Ist bei dir noch Platz für uns?“, fragte er.

„Ja, natürlich. Setzt euch.“

Der Papagei legte den Kopf schief. „Süßes!“, befahl er und hüpfte auf die Stuhllehne neben Stefan.

Lena lachte. „Hast du Hunger, Don Alonso?“

„Er hatte sein Abendessen schon“, erklärte Stefan. „Gleich gibt’s für ihn noch etwas Obst vom Buffet. Am liebsten mag er Pfirsiche, aber Äpfel nascht er auch gern.“

Tisch
16
serviert ab 19
Lilac Sweets
Palmer
New York

Jan schluckte eine bissige Bemerkung herunter. „Danke, Herr Trautmann. Aber ich habe einen Zimmereibetrieb und mache diese Reise lediglich zur Entspannung. Nicht um die Frau meines Lebens zu finden."

Klang das überzeugt genug?

Jan war froh, dass der zweite Gang serviert wurde und er beherzt nach der Kartoffelschüssel greifen konnte. Dazu gab es Rindfleisch und eine Lebkuchensoße, ganz dem Advent angepasst.

Aus dem Augenwinkel sah er, dass Lena ihn anschaute. Täuschte er sich, oder umspielte ein triumphierendes Lächeln ihren Mund, als sie sich gleich darauf wieder Stefan zuwandte und Don Alonso lautstark sein „Küss mich", krähte?

16

Jan biss genüsslich in das noch warme Stück Baguette. Er hatte es zuvor in die delikate Muschelsoße getunkt und genoss den leicht scharfen und zugleich säuerlichen Geschmack. Der Koch übertraf sich jeden Abend aufs Neue. Dennoch konnte er es nicht lassen, immer wieder zu Lena hinüberzusehen, die dem Papagei eben einen Apfel geholt hatte. Sie saß ein Stück entfernt an einem Tisch, auf dem eine rote Kerze flackerte, und unterhielt sich angeregt mit Stefan. Auch Don Alonso war in ihr Gespräch involviert, jedenfalls schien es so, weil er ständig etwas sagte und dabei nickte.
Warum Jan diese Vertrautheit einen Stich versetzte, wunderte ihn selbst. Er, der Eigenbrötler, der Ebenezer Scrooge, sollte sich nicht dafür interessieren, was Lena tat. „Eine interessante Frau, diese junge Lady", meinte nun der Herr zu seiner Rechten. Er hatte sich ihm vorhin als Herr Trautmann nebst Gemahlin vorgestellt. Allein die Wortwahl hatte Jan innerlich auf Abstand gehen lassen, und die Formulierung jetzt machte es auch nicht besser. Nur war es unmöglich, ein weiteres Gespräch zu vermeiden.
„Ja, sie ist sehr nett", antwortete er.
„Sie haben doch zusammen den Papagei gefunden", sagte Frau Trautmann. „Also kennen Sie sich doch besser."
Jan lächelte sie freundlich an. „Das war der Not geschuldet. Wir haben keine näheren Berührungspunkte." So, das war nun geklärt! Herr Trautmann schlug ihm auf die Schulter und lachte dunkel auf. „Würde ich auch nicht an die große Glocke hängen, wenn eine solche Frau mein Interesse geweckt hätte." Er beugte sich zu Jan und flüsterte ihm ins Ohr: „Ran an die Buletten. So eine Chance darf man sich nicht entgehen lassen! Die Konkurrenz schläft nicht!"

17
km

Carla Müller stand allein ein Stück neben der Plattform und atmete tief ein und aus.
„Tut gut, nicht wahr?", fragte sie, als Lena zu ihr trat. „Noch einmal Luftholen vor der Weihnachtshektik."
Lena nickte. „Mit Tim ist das Fest bestimmt aufregend. Wo ist er denn überhaupt?"
„Mit meinem Mann auf den Ausguck gestiegen. Mich kriegt man da ja nicht hoch. Höhenangst."
„Hören Sie?", rief Beeke in diesem Moment. „Der auflandige Wind treibt Seenebel auf uns zu. Wir müssen den Rückweg antreten. Kommen Sie bitte näher, damit ich Ihnen das erklären kann."
Gregor Müller kam die Treppe herunter und sah sich suchend um. „Wo ist denn Tim?"
Carla stutzte. „Er war doch bei dir."
„Ja, aber er wollte gleich wieder runter, weil er irgendwas gesehen hatte, was er … Ist er nicht hier?"
„Tim! Wo bist du?", schrie Carla in Panik.
Auch Gregor und Lena schauten in alle Richtungen.
Aber Tim war nirgends zu entdecken.

17

Auf den nächsten Landgang freute sich Lena ganz besonders: Eine geführte Inselwanderung stand auf dem Programm. Sie las derzeit einen Weihnachtsroman, in dem die Hauptfiguren immer wieder am Strand oder in den Dünen spazieren gingen. Dabei hatte sie so richtig Lust bekommen, selbst durch die winterlich raue Natur zu stapfen. Dass Beeke, eine kundige Führerin, sie begleiten würde, war ein Extrabonus.

Beim Frühstück sauste der kleine Tim ständig zwischen den Tischen hindurch zum Buffet. „Ich muss mich stärken, wenn wir doch wandern gehen!“, rief er Lena zu, als er mit einem Schokocroissant an ihr vorbeilief.

Lena wechselte einen amüsierten Blick mit seiner Mutter, wandte sich dann aber wieder der alten Frau Hoffmann zu, die neben ihr saß und bedauerte, dass sie so schlecht zu Fuß war und nicht mitgehen konnte.

Frau Hoffmann blieb als Einzige an Bord. Die anderen schlugen den Weg Richtung Dünen ein. Lena entdeckte Jan. Er unterhielt sich angeregt mit der jungen Inselführerin und schien ganz in seinem Element. Gut, dann würde sie ihre Fragen eben später stellen. Lena genoss den frischen, salzigen Wind. Er war keineswegs so eisig, wie sie erwartet hatte. Möwen kreisten am Himmel, der sich teils blau, teils bewölkt zeigte. Es war ein ganz besonderes Erlebnis! Irgendwann erreichten sie eine kleine Aussichtsplattform, von der aus man einen wunderschönen Blick über die Dünen und auf den Strand hatte. Lena stieg als eine der ersten hinauf, machte ein paar Fotos und kletterte dann wieder hinunter, um den anderen Platz zu machen.

18

„Wir teilen uns in kleine Gruppen auf und jede bekommt einen Kompass. So läuft keiner Gefahr, versehentlich ins Meer zu geraten. Außerdem werde ich die Teams mit einer Trillerpfeife ausstatten, damit sie sich bemerkbar machen können."
Kurz darauf waren alle Gruppen startklar und machten sich in verschiedene Richtungen auf den Weg.
Ihr Rufen nach Tim klang gespenstisch in der teilweise undurchdringlichen Nebelwelt. Man konnte keine zwei Meter weit gucken, ihre Schritte knirschten im Sand und die Nässe fraß sich unangenehm durch ihre Kleidung.
Jan atmete tief durch. Hoffentlich fanden sie den Jungen schnell. Vielleicht war er doch zurück zur *Seestern* gelaufen? Immer wieder schaute er aufs Display seines Handys in der Hoffnung, dort eine Nachricht von Lena zu finden.

18

„Wir müssen ihn suchen! Sofort!“ Jan hatte mitbekommen, dass der Kleine verschwunden war. Er wusste, wie gefährlich Seenebel war und wie schnell man die Orientierung verlieren konnte.

„Wir dürfen jetzt nicht wahllos herumirren, dann geraten wir womöglich selbst in Lebensgefahr“, meinte Beeke. „Wir müssen uns organisieren, bevor die Wand zu nahe ist.“ Sie schaute sich um. „Wir sind insgesamt zehn Erwachsene, die mithelfen können. Alle, die nicht so gut zu Fuß sind, gehen sofort zurück auf die *Seestern*.“

„Das kann ich organisieren“, sagte Lena. „Ich würde mich auch um Frau Müller kümmern, denn ich halte es für keine gute Idee, wenn sie mitsucht. Sie ist mit den Nerven völlig am Ende.“ Sie sah Jan an. „Gibst du mir bitte deine Handynummer? Wenn Tim gefunden ist, können wir uns schnell informieren.“

Jan schaute Lena einen Augenblick lang an. „Super, so machen wir das.“ Schnell tauschten sie ihre Kontakte. „Kannst du dich auch um warme Getränke kümmern?“, fragte er dann. „Wenn wir zurück sind, werden wir durchgefroren sein, die Temperaturen scheinen inzwischen mit jeder Minute zu sinken.“

„Das mache ich.“ Lena wandte sich an die Gruppe. „Alle, die dem Suchtrupp nicht angehören können, kommen bitte mit!“, rief sie mit durchdringender Stimme. „Die anderen gehen zu Beeke und Jan, weil sie die Suche nach Tim organisieren. Es ist allerhöchste Eile geboten, wir dürfen keine Zeit verlieren, sollten uns aber auch nicht unnötig in Gefahr bringen. Noch können wir die Dünenkette gut erkennen und finden den Weg zurück!“

Es folgte kein Widerspruch.

„Wie gehen wir vor?“, fragte Jan die Inselführerin.

16:39
zul. online Mo. um 13:14
Dann muss es ja gleich weitergehen. Nur die Ruhe. Hier läuft ja nix weg. 10:46
Ha[redacted]t du denn einen Parkplatz bekommen,ohne Probleme? 10:47
Ja 10:47
Heute
Wir haben Tim gefunden, es geht ihm gut. 😀👍 Kommen gleich zurück zum Schiff. 16:37

19

„Der Kleine war ein ziemliches Stück weit gelaufen. Zum Glück ist er in den Dünen geblieben und hat sich da einfach hingesetzt, als er nicht weiterwusste." Lena nickte. Nicht auszudenken, was hätte passieren können, wenn Tim am Strand gewesen und dort ins Wasser geraten wäre!
„Im Speisesaal hat man improvisiert, es gibt Tee und Weihnachtsgebäck", sagte sie. „Ihr braucht sicher alle was zum Aufwärmen."
Jan nickte. „Allerdings wäre da sicher ein steifer Grog oder Ähnliches besser geeignet."
„Das müsste sich arrangieren lassen." Lena ging voraus aufs Schiff und Jan folgte ihr in den Speisesaal. Sie setzten sich ans Fenster und sahen hinaus in den Nebel.
„Wieso ist Tim überhaupt weggerannt?", fragte Lena.
„Er wollte einen Weihnachtswichtel begrüßen, den er in der Ferne entdeckt hatte. Wahrscheinlich war es allerdings eher eine Möwe. Dann hat er uns nicht mehr gesehen und ist in die falsche Richtung gelaufen."
„Zum Glück ist alles gut ausgegangen."
Jan lächelte und nickte. Und Lena konnte nicht anders, sie musste einfach zurücklächeln.

19

„Nimm dir noch einen Keks zum Tee“, sagte Lena und schob das Schüsselchen mit Adventsgebäck zu Carla Müller.
Die nickte, griff mit zitternden Fingern nach einem Zimtstern und starrte weiter in die leicht flackernde Flamme der Kerze auf dem Adventsgesteck.
Lena schielte auf ihre Armbanduhr. Die Suche dauerte nun schon eine gute halbe Stunde. Sie hatte heimlich gehofft, Tim auf dem Pfad zurück zum Hafen oder gar auf dem Schiff zu entdecken, doch leider hatte niemand den Jungen gesehen.
Das stille Warten war fast unerträglich, aber welches Gesprächsthema wäre jetzt angemessen?
Pling! Der plötzliche Signalton ließ die Frauen zusammenzucken. Einen Sekundenbruchteil später piepste auch Carlas Smartphone, und beide griffen nach ihren Handys.
„Von meinem Mann! Tim ist okay!“, las Carla laut vor und schluchzte befreit auf.
Auch auf Lenas Handy war eine Nachricht eingetroffen, von Jan:
Wir haben Tim gefunden, es geht ihm gut. Kommen gleich zum Schiff.
Tränen der Erleichterung traten Lena in die Augen. Sie fasste Carlas Hand und drückte sie fest.
„Lass uns im Hafen warten“, schlug sie vor.Es dauerte eine ganze Weile, bis der Suchtrupp endlich zu hören war, und noch länger, bis die Umrisse der Menschen im Nebel erkennbar wurden.
„Mama!“, rief Tim und glitt von den Schultern seines Vaters, um Carla entgegenzulaufen.
Während sich die Müllers umarmten und ihr glückliches Wiedersehen genossen, trat Jan neben Lena.

CAFE

20
km

„Das ist wunderschön." Lena lehnte sich etwas enger an Jan.
„Genau diese Schönheit macht mir manchmal Angst." Er atmete tief durch. „Auch die anheimelnde Atmosphäre zum Fest. Alles ist so stimmig … und plötzlich kann ein Schwert die heile Welt in kleine Stücke schlagen."
Lena blieb stehen und drückte Jans Hand. „Lass uns verschwinden", schlug sie vor. „Wollen wir in das kleine, süße Café da drüben gehen? Sieht aus wie eine feine Teestube. Da können wir in Ruhe reden."
Jan nickte erleichtert. Zuerst war er nicht sicher, ob das Gespräch wirklich eine so gute Idee war. Doch schon auf dem Weg brach es aus ihm heraus. „Weihnachten vor drei Jahren sollte mein perfektes Fest werden. Ich hatte den Baum geschmückt, die Geschenke samt meinem Verlobungsring lagen darunter …"
„Und dann?", hakte Lena vorsichtig nach.
„Dann hat Sabine mich verlassen. Seitdem mag ich das Fest nicht mehr." Jan schluckte schwer. „Jetzt weißt du, warum ich ein solcher Ebenezer Scrooge geworden bin."

20

Es war schön gewesen, gestern wieder so vertraut mit Lena zu plaudern. Ihr aus dem Weg zu gehen hatte ihm nicht wirklich gefallen. Tatsächlich fand er es schon ein wenig traurig, dass erst beinahe etwas Schlimmes hatte passieren müssen, ehe sie die alte Vertrautheit zurückgewonnen hatten …

Ich werde Lena sagen, warum ich so eine Abneigung vor dem Fest habe, dachte er. Sie sollte es wissen.

Es war der letzte gemeinsame Tag, und die *Seestern* hatte wieder in einem kleinen Hafen auf dem Festland angelegt. Geplant war am heutigen Nachmittag ein Deichspaziergang. Lena stand schon am Kai, als Jan die Gangway hinunterlief. Sie strahlte ihn an und war sichtlich erfreut, ihn zu sehen. „Wollen wir zusammen spazieren?“, fragte sie sogleich.

„Ja.“ Er druckste ein wenig herum. „Ich muss nämlich was loswerden.“ Jan hoffte, dass die anderen Mitreisendenden sie nicht stören würden.

Lena schien dasselbe zu denken und hakte sich bei ihm ein. „Dann sollten wir uns gleich eng zusammentun, damit bloß keiner auf die Idee kommt, sich uns anzuschließen.“

Als die Gruppe vollzählig war, marschierten sie los. Beeke hatte wieder die Leitung übernommen und erzählte eine Menge zur Geschichte des Deichbaus. Lena und Jan hörten nur mit halbem Ohr zu und genossen lieber ihre stille Zweisamkeit, indem sie sich immer mehr zurückfallen ließen.

Der winterliche Spaziergang war einzigartig. Es hatte gefroren, und über der Weite der Marsch lag ein außergewöhnliches Glitzern, als sich die Sonne in den Eiskristallen an den Gräsern brach, weil der Frost fantasievolle Formen an den Enden kreiert hatte.

CAFE

21

„Ach, die haben alle ihr eigenes Leben. Und so als fünftes Rad am Wagen fühle ich mich nicht wohl.“ Lena rührte in ihrer Kaffeetasse. „Den ersten Weihnachtstag feiere ich meistens mit meiner Schwester und ihrer Familie, aber der Heiligabend gehört mir. Ich bin ja schon einige Jahre solo und habe mich darauf eingerichtet.“
Jan sah nachdenklich aus.
Sie wechselten das Thema und unterhielten sich zunächst über Jans Firma und Lenas Arztpraxis, dann über lateinamerikanische Musik, die sie beide mochten. Schließlich machten sie sich auf den Rückweg.
Sie waren noch nicht weit gekommen, als ihnen eine Schafherde entgegenkam und den Weg versperrte.
„Das sind eine ganze Menge zukünftiger Pullover“, scherzte Jan. Die Tiere umringten sie zuerst und zogen dann langsam vorbei. Lena genoss es, so nah neben Jan zu stehen und ihnen zuzusehen. Der Schäfer hob grüßend die Hand. Es dauerte eine Weile, bis die beiden Hütehunde alle Schafe vorübergetrieben hatten.
„Den Weihnachtsmarktbesuch heute Abend wirst du auch überstehen“, versprach Lena, als sie weitergingen. Beinahe hätte sie hinzugefügt: „Ich bin ja bei dir.“

21

„Ich verstehe.“ Lena nickte. „Das sind keine schönen Weihnachtserinnerungen.“
„Eben. Aber mein Freund Heiko hat gesagt, ich muss mich dem ganzen Fest mit allem, was dazu gehört, wieder annähern. Er hat mir diese Schiffsreise praktisch aufgezwungen. Nannte es Konfrontationstherapie …“ Jan zog eine solch klägliche Miene, dass Lena lachen musste.
„Du Armer.“ Sie legte ihre Hand kurz auf seine. „Aber gib zu, auf dem Schiff ist nicht alles nur schrecklich.“
Sein warmer Blick ging ihr durch und durch.
„Nein“, gab er zu. „Es werden zumindest nicht dauernd kitschige Weihnachtslieder geträllert. Alonso ist witzig, ich mag ihn sehr. Und …“
Lena hielt die Luft an, doch da brachte die Bedienung ihren Kaffee und der Moment war verflogen.
„Dann hoffe ich, dass du es hier im Café auch aushältst“, setzte Lena neu an. „Ich finde es nämlich sehr gemütlich.“ Sie deutete zuerst auf das Tannengrün mit Silbersternen und roten Schleifen, das die Sprossenfenster schmückte, danach auf die drei kleinen Holzengel, die neben dem Kerzengesteck auf dem Tisch standen und zu singen schienen.
„In diesem Rahmen ist es okay. Ich mag nur den Friede-Freude-Eierkuchen-Zwang nicht. Die Erwartungshaltung, dass zu Weihnachten alles gut ist. Vor dem Heiligen Abend graut es mir, ehrlich gesagt.“
„So schlimm ist es nicht, den allein zu verbringen. Ich mach es mir dann immer besonders gemütlich.“
„Du feierst allein? Hast du keine Familie? Freunde?“

SANTA24

Stan'd
22

„Und ich mir eine Primaballerina. So eine, die sich dreht." Lena wies auf eine Figur in weißem Tutu. „Jedes Fest habe ich gehofft, sie würde unterm Baum liegen. Vielleicht kaufe ich sie mir eines Tages doch und schenke sie mir selbst."
„Das mache ich!" Jan war eine Idee gekommen. Verrückt, aber sie fühlte sich richtig an.
„Was machst du?"
„Ich kaufe dir die Ballerina. Zu Weihnachten, einfach so."
Lena überlegte nicht lange. „Und ich schenke dir den Weihnachtsmann im Oldtimer. Dann haben wir etwas Schönes zum Auspacken. Wenn wir dann allein vorm Tannenbaum sitzen, werden wir an diesen schönen Abend denken." Sie strahlte vor Freude.
Jan war über das begeisterte Kribbeln in seinem Bauch überrascht. War das ein Schritt in die richtige Richtung? Nach drei Jahren hatte er zum ersten Mal wieder ein Geschenk für jemanden zu Weihnachten.

22

„Nun geht also unsere Reise zu Ende“, hob der Kapitän an, ehe sich alle zur Abschlussveranstaltung auf den Weg machten.
„Kiiiiielholen!“, plärrte Don Alonso dazwischen. „Frohes Fest!“ Alles lachte und Stefan hatte große Mühe, den Papagei zum Schweigen zu bringen.
„Ich wünsche allen viel Spaß auf dem Hafen-Weihnachtsmarkt, und vergessen Sie bitte nicht, den Basar im Schleusenhaus aufzusuchen. Dort finden Sie bestimmt schöne Andenken an diese Reise.“
Lena stand neben Jan. Der gemeinsame Ausflug ins Café am Nachmittag hatte ihnen gutgetan.
Zusammen mit den anderen Passagieren spazierten sie von Bord. Lena blickte zum Himmel, an dem sich dunkle Wolken auftürmten. „Es sieht nach Schnee aus. Wollen wir erst ins Schleusenhaus gehen, damit wir nachher zu dichten Flocken unseren Glühwein samt Bratwurst genießen können? Oder ist dir das zu viel Weihnachtsromantik?“
Jan schüttelte den Kopf. „Ich muss mich der Sache stellen, und mit dir an meiner Seite ist es erheblich einfacher.“
Sie steuerten auf das Schleusenhaus zu. Dort wurden die Besucher von Weihnachten förmlich erschlagen. Es duftete nach Tannengrün, Kardamom und Zimt. An einem Stand waren verschiedene Holzkrippen zu finden, am nächsten weihnachtliches Metallspielzeug, dann wieder Bienenwachskerzen und Baumschmuck. So setzte sich das Angebot fort. „Wenn ich das überstanden habe, geht alles“, meinte Jan. Er blieb vor dem Stand mit dem Blechspielzeug stehen. „Früher habe ich mir immer so einen Weihnachtsmann im Oldtimer gewünscht.“

Kai 23

„Weißt du, Lena …"
Das schrille Pfeifen eines Mikrofons hallte über den Platz.
Lena reckte den Hals. „Schau mal, da drüben stellen sich Leute auf. Das sieht fast aus, als wollten sie singen."
„Verehrtes Publikum, wir, der Shantychor *Weiße Möwe*, freuen uns, Sie heute hier mit unseren Liedern unterhalten zu dürfen. Wir beginnen mit *Weihnacht auf hoher See.*"
Wie wunderbar die Klänge zu dieser Umgebung passten! Jan schien mit der stimmungsvollen Musik keine Probleme zu haben, denn ein Lächeln umspielte seinen Mund. Eine Schneeflocke landete auf seiner Mütze, und Lena sah zum Himmel.
„Es schneit!"
Weitere Flocken folgten, und im Nu wirbelten sie um die Weihnachtsmarktbesucher herum.
Der Shantychor setzte zum nächsten Lied an. „Leise rieselt der Schnee …"
„Mein Lieblingslied", flüsterte Lena und sah in Jans Augen.
„Meins auch", antwortete er, und ihre Hände fanden sich.

23

„Du kriegst dein Geschenk aber erst morgen“, sagte Lena, „zum Abschied. Das ist näher am Weihnachtsfest.“

„Jetzt wäre mir die Bescherung ehrlich gesagt auch zu viel.“ Jan seufzte. „Überhaupt, es ist hier ganz schön voll und stickig ... Lass uns lieber wieder rausgehen, mir ist jetzt nach einem Becher Glühwein. Magst du auch eine Bratwurst? Oder lieber ein Fischbrötchen?“ Er zwinkerte ihr zu.

Lena warf einen vorsichtigen Blick zum Himmel. Keine Möwe in Sicht. Dennoch entschied sie sich für eine Bratwurst mit viel Senf. Während sie noch anstand, ging Jan hinüber zur Getränkebude und besorgte ihnen Glühwein. Sie trafen sich an einem freien Stehtisch und ließen es sich schmecken.

„Also, mit dem kulinarischen Teil der Adventszeit kann ich eine ganze Menge anfangen“, gab Jan zu. „Ich liebe eigentlich auch gebrannte Mandeln und vor allem Lebkuchen, obwohl ich in den letzten Jahren darauf verzichtet habe.“

Lena stupste ihn am Arm. „Dann verschreibe ich dir hiermit beides – auf eine ärztliche Empfehlung wirst du ja wohl hören!“

„Bleibt mir etwas anderes übrig?“

„Nein!“, sagte Lena streng, was beide zum Lachen brachte.

„Okay. Dann besorge ich mir für Heiligabend einen Vorrat an Lebkuchen und denke an dich, wenn ich ihn auffuttere.“

Lenas Herz machte einen Sprung. Auch sie würde an Jan denken, das wusste sie jetzt schon.

„So ist es recht“, ermutigte sie ihn. „Fang langsam an. Einen Weihnachtsbaum brauchst du ja nicht gleich aufzustellen, wenn dir nicht danach ist.“

24
FRÖHLICHE WEIHNACHTEN
Lena

„Muss es das sein?“, fragte sie. „Wir haben doch unsere Telefonnummern. Ich würde mich sehr freuen, wenn wir uns im neuen Jahr mal auf einen Kaffee treffen und ich weiß, ob du Weihnachten gut überstanden hast.“
Jans Herz klopfte eine Spur schneller. Er hätte sich nie getraut, Lena das vorzuschlagen, obwohl sich ihre Hände gestern gefunden hatten.
„Gerne“, antwortete er. „Es wäre super, in Kontakt zu bleiben. Mir graut es noch immer sehr vor dem Fest, aber mit dem Gedanken an unser Gespräch im Café, und weil ich sogar etwas auspacken darf, ist die Furcht ein wenig kleiner geworden.“
„So habe ich es mir gewünscht“, meinte Lena.
Jan gab sich einen Ruck. „Weißt du was? Ich werde mir vielleicht sogar einen Tannenbaum besorgen. Keinen großen, nur einen für den Tisch. Den schmücke ich dann und habe damit etwas Weihnachtsfeeling in meiner Junggesellenbude.“
Er nahm eine Serviette und kritzelte seine Adresse darauf. „Gibst du mir deine auch? Dann kann ich dir eine Karte schreiben, das macht man doch so, oder?“
„Ja, das macht man so“, bestätigte Lena.
Sie frühstückten ausgiebig und tauschten am Ende ihre Geschenke aus.
Als Jan die *Seestern* verließ, fühlte er sich beschwingt. Als Erstes würde er gleich wirklich eine kleine Tanne besorgen. Dann konnte Weihnachten kommen.

24

Jan hatte gut geschlafen. Es war richtig gewesen, mit Lena über seine Ängste zu sprechen, seitdem fühlte er sich viel besser.
Heute würden sie von Bord gehen, und er wollte versuchen, diesem Weihnachtsfest etwas Positives abzugewinnen. Was freute er sich darauf, Lenas Geschenk auszupacken, auch wenn er wusste, was er bekam!
Es ging um die Geste, und vor seinem geistigen Auge sah er sich schon sacht über das glänzende Blech streichen. Er wollte den Weihnachtsmann im Oldtimer auf dem Regal gegenüber von seiner Couch platzieren, weil er ihn so stets im Auge haben würde. Als Erinnerung daran, dass es Lena gab und durchaus die Hoffnung auf dieses und weitere schöne Feste.
Jan packte seinen Koffer und machte sich auf den Weg zum Frühstück. Das letzte an Bord der *Seestern*.
Im Restaurant roch es verlockend nach Kaffee und frischen Brötchen. Ihm lief das Wasser im Mund zusammen.
Lena hatte einen Platz am Fenster freigehalten, sie winkte fröhlich. Herr Trautmann stieß ihn von hinten an. „Da hatte ich den richtigen Riecher. Viel Glück Ihnen beiden! Das meine ich verdammt ernst. So sehr wie Sie strahlen, kann man fast neidisch sein."
Ehe Jan etwas darauf erwidern konnte, steuerte Herr Trautmann mit seiner Gemahlin – Jan war über den Ausdruck noch immer amüsiert – den übernächsten Tisch an.
Familie Müller saß ebenfalls in großer Eintracht am Fenster hinten links, und auch sie nickten Jan freundlich zu, während er zu Lena ging und sie begrüßte. „Guten Morgen. Leider unser letztes Zusammentreffen." Er nahm ihr gegenüber Platz.

Heiligabend, eine Woche später

Lena atmete zweimal tief durch und starrte auf Jans Namen auf dem Klingelschild. War es wirklich richtig gewesen, heute hierher zu fahren, oder hätte sie es lieber bei den täglichen Telefonaten und bei der Verabredung zum Kaffeetrinken Anfang Januar belassen sollen?

Allerdings hatte Jan sich gestern Abend mit den Worten verabschiedet: „Ich kann es kaum erwarten, dich wiederzusehen."

Lena hatte lange nicht einschlafen können, denn auch ihre Sehnsucht war größer, als sie es sich bisher eingestanden hatte. Und so kam ihr eine Idee: Was, wenn sie Jan einfach schon am Heiligen Abend überraschte?

Sie hatte heute am Vormittag noch schnell einen üppig rotblühenden Weihnachtskaktus als Mitbringsel gekauft, ihre Tasche gepackt und war zum Bahnhof gefahren. Es gab eine direkte Zugverbindung, die sie in weniger als zwei Stunden zu Jan bringen würde. Und auch wieder nach Hause, falls sie doch ungelegen kam.

Lena atmete zum dritten Mal tief ein und aus. Dann hob sie die Hand und presste ihren Zeigefinger auf die Klingel. Klopfenden Herzens wartete sie, bis die Haustür mit einem Klicken aufsprang.

„Legen Sie das Paket einfach auf die Treppe", hörte sie Jan von oben rufen, „ich hole es gleich."

Leise stieg Lena die Stufen hinauf. Die Wohnungstür im ersten Stock stand ein Stück offen, und sie blieb stehen.

„Paketdienst", rief sie.

„Ich habe doch gesagt, Sie können es auf die Treppe legen." Jan riss die Tür auf und stockte.

„Lena?", fragte er ungläubig.

Sie streckte ihm den Weihnachtskaktus entgegen. „Kein Paket, aber ein kleines Geschenk."

„Lena", wiederholte Jan und nahm ihr die Pflanze ab. „Du bist hier?" Ein plötzliches Strahlen erleuchtete sein Gesicht, dann räusperte er sich und machte einen Schritt zur Seite, damit sie eintreten konnte. „Komm rein!", sagte er. Den Weihnachtskaktus stellte er auf das Schränkchen im Flur.

Lena atmete auf. Ihre Entscheidung war richtig gewesen, sie sah die Freude in Jans Augen.

Er hatte tatsächlich einen kleinen Baum gekauft und ihn liebevoll mit weißen Kugeln geschmückt. Es roch nach frischem Tannengrün und Kerzenwachs.

„Es ist gemütlich bei dir!"

„Und schau mal da!" Jan wies zum Türrahmen. Dort hing ein Strauß aus Tannen- und Mistelzweigen mit einer großen roten Schleife.

„Ich habe so gehofft ...", flüsterte Jan.

Lena blieb unter den Misteln stehen und lächelte ihn an. Er erwiderte ihr Lächeln und nahm sie wortlos in die Arme.

Der Kuss war lang und süß.

Und irgendwie – weihnachtlich!

Rezept für Krintstuut

Zutaten für den Vorteig:
1 kg Weizen- oder Dinkelmehl
70 g Frischhefe
1 EL Zucker
2 EL lauwarme Milch

Zutaten für den Hauptteig:
1/2 l lauwarme Milch
50 g Butter (weich)
150 g Zucker
2 Päckchen Vanillezucker
2 Msp Salz
200 g Rosinen (Bio)

Zubereitung Vorteig:
Das Mehl in eine große Schüssel geben und in der Mitte eine Vertiefung machen. Die frische Hefe zerkleinern, mit dem Zucker und der Milch behutsam zu einer sämigen Masse verrühren. Diese dann in die Vertiefung ins Mehl geben.
Das Ganze ungefähr eine Stunde lang an einem geschützten und warmen Ort gären lassen.

Zubereitung Hauptteig:
Die restlichen Zutaten nach und nach zum Hefeteig geben und von der Mitte aus verkneten, bis der Teig nicht mehr an den Händen klebt und einen luftigen Klumpen ergibt. Ggf. muss etwas Mehl nachgegeben werden. Den Teig dann noch einmal eine halbe Stunde abgedeckt an einem ruhigen und warmen Ort gehen lassen. Danach einen Brotlaib aus der Masse formen, oben längs einschneiden und etwas mit Mehl bestäuben. Erneut eine halbe Stunde gehen lassen.
Den Backofen auf 180 Grad (Umluft) vorheizen. Den Laib hineingeben und etwa 30 Minuten backen, dann aus dem Ofen holen. Wenn der Stuut sich beim Klopfen an der Unterseite hohl anfühlt, ist er genau richtig.

Rezept für Klaben

Zutaten für den Vorteig:
1 kg Weizen- oder Dinkelmehl
100 g Frischhefe
1 EL Zucker
2 El lauwarme Milch

Zutaten für den Hauptteig:
100 g Orangeat
125 g geschälte, feingehackte Mandeln
200 g Rosinen
1/8 l Rum
75 g Zucker
1/4 l Mich (lauwarm)
430 g Butter (weich)
1 Prise Salz
Je eine kräftige Prise gemahlener Piment, Nelken, Kardamon
Abgeriebene Schale einer unbehandelten Zitrone

WICHTIG: Am Vortag Orangeat fein hacken, mit den Rosinen und Mandeln mischen, den Rum dazugeben und über Nacht ziehen lassen.

Zubereitung Vorteig:
Das Mehl in eine große Schüssel geben und in der Mitte eine Vertiefung machen. Die frische Hefe zerkleinern, mit dem Zucker und der Milch behutsam zu einer sämigen Masse verrühren. Diese dann in die Vertiefung ins Mehl geben.
Das Ganze ungefähr eine Stunde lang an einem geschützten und warmen Ort gären lassen.

Zubereitung Hauptteig:
Die Hälfte der Butter und die anderen Zutaten nach und nach zum Hefeteig geben und von der Mitte aus verkneten, bis der Teig nicht mehr an den Händen klebt und einen luftigen Klumpen ergibt. Ggf. muss etwas Mehl nachgegeben werden. Den Teig dann noch einmal eine halbe Stunde abgedeckt an einem ruhigen und warmen Ort gehen lassen.
Danach einen Brotlaib aus der Masse formen, oben längs einschneiden und etwas mit Mehl bestäuben. Erneut eine halbe Stunde gehen lassen.
Den Backofen auf 180 Grad (Umluft) vorheizen. Den Klaben nun auf der untersten Schiene etwa 75 Minuten goldbraun backen, dann aus dem Ofen holen. Wenn der Klaben sich beim Klopfen an der Unterseite hohl anfühlt, ist er genau richtig.
Die restliche Butter zerlassen und über den gebackene Klaben geben (mit einem Schaschlikspieß gern kleine Löcher stechen, damit die Butter in den Klaben laufen kann).
Anschließend kann er, je nach Geschmack, auch mit Puderzucker bestäubt werden.

Über die Autorinnen

Gitta Edelmann und Regine Kölpin

Die Autorinnen Gitta Edelmann und Regine Kölpin schreiben als Einzelautorinnen in verschiedenen Genres für namhafte Verlage und haben sich auch als Schreibteam einen Namen gemacht. Sie publizieren bereits seit mehreren Jahren als Co-Autorinnen im Geschenkbuchbereich, standen mit dem Adventskalenderbuch „Briefe für dich“ wochenlang auf der SPIEGEL-Bestsellerliste und sind für ihren Kinderkrimi „Johannes Gutenberg und die verschwundenen Lettern“ (Gutenberg-Stiftung) mit dem Bronzenen Homer 2020 ausgezeichnet worden.
Unter Felicitas Kind schreiben sie zusammen Weihnachtsromane.
Homepages:
www.gitta-edelmann.de
www.regine-koelpin.de

Über die Illustratorin

Barbara Behr, 1955 geboren, arbeitete nach einer Schauspielausbildung und Töpferlehre zunächst viele Jahre in den Bereichen Keramik und Design. Dann machte sie ihre eigentliche Leidenschaft des Illustrierens zum Beruf. Sie designt nun schon seit über 20 Jahren mit ihren originellen nostalgischen Motiven und viel Humor Bücher, Papeterie, Adventskalender und viele andere schöne Geschenke mit großartigem Erfolg für den Coppenrath Verlag und internationale Auftraggeber.
Mehr unter: behr-pixelart.de

Barbara Behr Edition

MIX
Papier | Fördert gute Waldnutzung
FSC® C020056
FSC www.fsc.org

Mineralöl freie Druckfarbe

ISBN 978-3-649-65026-3

Hafenweg 30, 48155 Münster, Germany
Illustrationen und grafische Gestaltung: Barbara Behr
Textsatz: Elmar Möllmann, Internetlitho
Redaktion: Kai König

www.coppenrath.de